郴江百詠

（宋）阮閲 撰

據湖南圖書館藏清乾隆嘉慶間趙氏星鳳閣鈔《唐宋元三朝名賢小集》本影印原書版框高十八點五厘米寬十四厘米

郴江百詠

（宋）阮閱 撰

據湖南圖書館藏清乾隆嘉慶間趙氏星鳳閣鈔《唐宋元三朝名賢小集》本影印原書版框高十八厘米寬十四厘米

今本只存九十一首

闕本缺八首

郴江百詠

阮閱

郴古桂陽郡陳迹故事盡載圖史亦間見於名人才士歌詠如杜子美寄聶令郴州韓退之郴江柳子厚登北樓沈佺期望仙山戴叔倫題郴州〻〻數是也山川寺觀之勝城郭臺榭之壯未經品題者尚多亦可惜余官於郴三年常欲補其闕愧乏大筆雅思不為然因暇日時强為一二小詩遂積至於百篇雖不敢比前輩使未嘗到湘湘者觀之亦可知郴在荊楚自是一佳郡也宣和甲辰二月中和日

舒城阮閱序

郴江百詠

乙星鳳閣正本

趙某泉手鈔

東樓

危城雉堞對東山誰敞高樓十二欄獨鶴不來松已老春風動處日三竿

上仙闕

曲檻危梯翠中藏仙宅畔古城東不須更著登山屐萬岫千峯一目窮

俯春亭

城上危梯一一摘雲四邊山色翠為鄰下窺城郭無餘蘊草色花光盡是春

山陰堂

修竹蒼蒼似剡川，浮觴可繼永和年。不知誰有羲之筆，
欲寫蘭亭第二篇。

藏春亭

百紫千紅一徑深，臙脂爲地粉爲林。有人來問春何在，
向道花間無處尋。

靈壽庵

結茅編竹對高叢，不種脩篁不值松。但以數枝花似
雪，何須栽截伴枯節。

清淑堂

三仙一相有遺風，清淑誰言到此窮。寄興郴陽忠信士，

郴江百詠

二星鳳閣正本
趙某泉手鈔

以名端合謝韓公。

貧富亭

娟娟細細兩三叢，卻厭桃花相近紅。已有數枝湘浦月，
不清千畝渭川風。

三懷堂

東京吏治孰稱循，花縣纔爲十二人。前日桂陽二太守，
許誰來此繼芳塵。

射圃亭

不似投壺漫雅歌，縱賢無奈罰觥何。若知蓬矢桑弧意，
不用穿楊中鵠多。

紫芝亭

和氣薰蒸產草靈昔年聞有紫芝生史官不絕書祥瑞

毀欲圖形獻此名

擷芳園

萬萼千枝二月春只愁風雨便成塵不知誰擷香英去

自有尋芳拾翠人

砌臺

翠眠（抵）斜倚若危梯上出高城下枕池不但綺羅爲戲以

又將臺使補盧兒

西樓

危樓百尺畏東山簾幙秋風捲暮寒移向殘陽移新月

幾人曾此凭欄干

真仙亭

雕甍畫棟對羣山遠目增明盡日看多少人心多險仄

須求拳石作峯巒

碧虛亭

筇竹杖彎屐齒搖登臨身覺在烟霄千峯險仄三川

峽一水深如八月潮

北湖亭

簷楹山影水光中攜酒時來伴釣翁四岸烟雲芳草綠

一樹風雨落花紅

緑淨堂

緑如青草淨如瀾遠近山光上下天有客凭欄若相问

為言此處似蕙川

湖亭

城外高堂俯碧灣山如羅筐水如環有时數棹來尋

勝直到斜陽未欲還

北園

一塢春風北苑芽滿川流水武陵花溪東舊觀仙人宅

城内高樓刺史家

星鳳閣正本
趙某泉手鈔

輝松臺

靈壽峯前路有苔松门依舊對山開幽人野叟尋僧

时有輝輝大旆來

遊堂

山有香爐水有瓶齋無僧榻閣無鈴胡床麈拂枯藜

杖门對江山日夜扃

竹軒

軒户蕭條對北垣誰來此地種檀欒無人會得青青意

雨洗風吹葉葉寒

白蓮亭

石甃方池種白蓮庵僧欲紹遠公禪文皮塵尾來遊處祖似廬山十八賢

南樓

雉堞譙樓照翠環紅塵擾擾白雲閑蠻烟瘴雨千峯外邑屋人家十里間

東園

芳春園外茂林中池上新榕綠徑通誰種松篁藏古意我栽桃李引春風

蘇仙觀

寂寂星壇長綠苔井邊橋老又重栽城頭依舊東樓去來見前時崔再來

星鳳閣正本 趙某泉手鈔

成仙觀

仙去寥寥幾百春隱居依舊在湖濱瀕枝頭禽語人難會石上驛蹤子已陳

驛穴觀

朝辭湘楚暮山東今在蓬萊第幾峯可笑時人空擾擾武昌山下問驛蹤

景星觀

聖母休祥見景星曾聞瑞白慶雲生羽人中夜來朝斗遠已松梢一點明

醽醁泉

玉为麴蘖石为罏萬榼千壶汲未枯山下家家有醇酒
釀时皆用此泉乎

蒙泉

流出山根無盡时潜来〔深〕不似瀑泉飛此时水净還水垢欲
洗烦知是鈍機

劍泉

太阿氣至斗牛邊報恵論豐世有仙點賊来来携〔攜〕敗鐵
地靈安用为生泉

貪泉

星鳳閣正本　趙某泉手鈔

玉潔冰寒徹底清不因汲引有虧盈廉泉讓水貪無異
空使时人恶此名

寒泉

春欲为霜夏欲冰一山寒氣逼人清應知未冷难同處
甘与渴泉各自生

郴江

不分涓滴溉田畴只有重灘碍巨舟險似瞿塘并赣水
豈能为鑑瀉清流

靈寿木

聊依枯木伴寒藤曾为當年孔傅生寂寞空山窮谷裏

如今文杏又爭名

茶山寺

莽草寒蘆了不徑八峯深在亂雲層只因一句驚湖
識直至如今有此称

會勝寺

雲壽山前古梵宮粥魚齋鼓白雲中衲（衲）僧若會蒙泉
意竟與曹溪一逕通

香山寺

十里城南古道塲一泓寒水翠微傍幽人衲子时来汲
疑是山中草木香

崇穀寺

城外招提竹隱門更無一點利名塵蒲團紙帳松窗下
却有安禪藏卷人

乾明寺

寺古僧殘丈室空我来試問老禪翁直松曲棘都休道
庭下山茶如昔紅

開福寺

郴江東畔小禪林誰見當年地布金夜磬一聲（敲）僧定
出水聲東去月西流（沉）

開利寺

修篁喬木水西涯，古座頽垣達磨家。持鉢但聞僧乞
供，杜门不為客烹茶。

东山寺

竹外長橋过水西，林中鐘磬舊禅扉。節迎殘月包僧去
帆背斜陽客艇歸。

太平寺

石虎城西郴水邊，支提突兀祖燈傳。有人認得雙岩桂
何必庭前柏子禅。

南塔寺

江岸南峯对石城，僧房高立乱雲層。臺前天闊秋多月
塔上风微夜有燈。

妙勝寺

誰營僧舍近西城，今与行人作短亭。庭下秋風花簌簌
门前春水竹青青。

永慶寺

空庭生草路生苔，寂寂荆扉小徑開。有客試尋方到此
須知不是為僧来。

尊勝寺

老僧不復識叢林，只說幽棲是息心。可惜一溪东去
水，更無軒石稱登臨。

已疑依

白虎城

楚人未築上游城千古寃聲尚未平雖堞已然無石虎不知何用昔時名

石城

郴江淼淼接湘天層壁重崖北水邊數日東風春浪惡漁舟不是莫愁船

蘓仙祠

羽節雲旋子已空舊庵今在最高峯拂壇可是當時竹繫馬猶存舊日松

孝婦塚

國史班班有舊聞欲將重說与郴人數知蔡婦潸然意可比神仙潠酒神

久留岡

潁人間欲問郴人衛颯以何似寇恂只恐當時遮道者不應皆是惜留人

劉相國書堂

疎林翠竹水滄滄向是劉公舊隱堂但得青編有完傳故居寂寞亦何傷

穴樽

山中聞有酒官泉復有穴樽在水邊荊楚之人皆喜群飲

見時應有口流涎

東山

藜杖芒鞵過水東，紅裙寂寞酒樽空，郡人見我應相笑

不似山公與謝公

五盖山

五峯如盖色蒼々，隔斷蠻陬与瘴鄉，饒兄[見]山中冬有白[雪]

郴人預說歲豐穰

黃相山

東帶連山接五羊，西分郴水下三湘，路人到此休南去

嶺外千峯是瘴鄉

郴江百詠　十

星鳳閣正本

趙某泉手鈔

百丈山

縈迂鳥道少人通，只有豺狼夜々蹤，自衒崚[山百]踰百丈

安知七十二高峯

孤山

瘴[山]巒嵌鬥嵯峨，高不可躋登不可磨，萬岫千岩皆閤

葺一峯孤秀不如多

彫玉山

培塿崎嶇石面膏，何曾溫潤似瓊瑤，一堆頑碧郴江上

縱有昆刀不可雕

枕郴山

已夏又

汞

休言鳥道與羊腸鳥道羊腸不可方卻喜年〻種蕎麥
山中不用有桄榔

馬嶺

牛山日〻夕陽紅鹿洞年〻草色濃只有當時馬行處
榔人猶指舊騾蹤

話石

人世嘵〻已不根更堪頑石已絲〻何如緘口藏長舌道
路多今已厭聞

白鹿岩

風馭雲軒雀羽輕野麋霄此望霓旌當時岩下藏身
處依舊春來草自生

星鳳閣正本
趙某泉手鈔

坦山岩

空山夜雨思神愁怯石層崖虎豹憂鳥道不通車馬到
只供禍子羽人遊

兜率岩

象如鉛汞流丹竈石似珊瑚出海濤不會當時馳結意
區〻雕巧亦何勞

玉履岩

勾踐因何渡楚川蒼〻雙石臥寒烟當時縱使為淫巧
片石安能作履穿

郴江口

扁舟斗轉急如飛，對此令人憶退之。不但郴江有佳句，又魚禱雨更留詩。

靈湫

老蛟力鬥死池中，山下流泉暗谷通。風雨年年常十五，休將涓滴強邀功。

中洲

捲地江流遶古城，參天喬木一洲橫。年年秋爲無情甚，沙觜鑱高又壓平。

崇德河

楚俗聲音誤最多，近來亦證桂門訛。亦呼流向郴人道，古水今名崇德河。

怨溪

濺濺溪水石磷磷，兩岸山花野草（艸）春。流去前灘何處問，不知當日怨何人。

千秋水

不求至道不修真，一穴涓涓異昔神。王錫蘇耽已仙去，未應皆自飲（酌）泉人。

潮井

朔月盈虧已可疑，隨泉上下更難知。錢唐江左吴山外，

誰見來時與落時

浪井

可畏人情與世途險知無(如波浪)浪起江湖豈知荊楚山川地坎中泉水無處無

橘井

橘仙舊德已藤蘿橘井空來歲月多摘葉汲泉皆朽骨鄙人猶說愈沉痾

愈泉

未載人間肘後方古名直踏漫相誣古人詩底知多少試問從來療得無

圓泉

清冽涓涓一竇圓客來嘗為試茶煎又新水品公然漏第作人間十八泉

溫泉

誰將炎熱換清涼可使澄泉作沸湯揭得驪山妃子浴人間處處重溫湯

香泉

僧舍靈源靜不流只供齋鉢與茶甌直應老衲投薰陸石罅靈根久未收

迷榴

林花岸柳草芊芊，山下長橋跨碧川。往往茫茫無問處，不知迷俗是迷僊。

槐門岡

惡名雜正可無疑，已有金華學士題。寄語往來荊廣客，鬼門岡在欝林西。

漏天

從古常聞有漏天，昔言恐是里人傳。山深自合常多雨，不是媧皇補未全。

飛僊橋

橋中飛出了無踪，天樓上歸来又幾年。年[illegible]了了六六松口一老，芝田依旧在橋邊。

棲鳳驛

鳳出明時欲覧輝，棲桐食竹屢来儀。空山窈窕無丹穴，肎伴鵷鳩共一枝。

龜峯驛

山似龜形古戍西，驛人到此欲稽疑。刳腸鑽灼猶難信，石何緣解自知。

蔡倫宅

竹簡萹編寫六經，不知何用搗楮藤。自從杵臼深藏後，采楮舂桑了已更。

星鳳閣本
趙某旧鈔

西湖

岸草江花對夕陽，满船星月夜鳴榔。秋清菡萏紅千柄，風静琉璃碧一方。